LOUIS CHAUFOUR

D'UNE

RÉFORME

A INTRODUIRE DANS

L'ORGANISATION ACTUELLE

DES

THÉATRES

ET

DE SON URGENCE

> Cette partie des belles-lettres, s méprisée
> quand elle est médiocre, contribue à la
> gloire d'un Etat quand elle est perfectionnée
> (VOLTAIRE. — *Vie de Molière.*)

PARIS

LIBRAIRIE PARISIENNE. — DUPRAY DE LA MAHÉRIE, ÉDITEUR

14, RUE D'ENGHIEN, 14

1862

Tu seras poursuivi par la sale lignée
Que ta plume sévère aura marquée au front.
Alfred Durocue.— *L'Humanité souffrante*

« Ce n'est que cela ! » diront les aristarques méticuleux, gens à besicles pour la plupart, et grands chercheurs de petites bêtes. « Quoi ! pas le moindre commentaire sur l'origine du Théâtre et sur son berceau ; aucun prolégomène relatif à son histoire et à celle de la littérature dramatique en France ! » exclameront-ils, s'ils lisent notre mince brochure.

— Eh ! oui, Messieurs, ce n'est vraiment *que cela !* Nous avons laissé de côté l'occasion de faire le pédant, pensant qu'il en est beaucoup qui s'acquitteront de ce soin ; car l'érudition s'acquiert aujourd'hui à bon compte !

Salut aux fins entendeurs ! Nous regrettons aussi de ne pas présenter au public une demi-douzaine de solutions à la question que nous agitons. Celle que nous proposons, appelée de tous les vœux, est, croyons-nous, la plus équitable et la plus libérale.

Réclamée depuis longtemps, il nous a paru qu'elle seule devait nous arrêter.

Quant au reproche qu'on nous adressera sur la vulgarité de notre style, nous répondrons que nous n'avons pas cru devoir mettre un colifichet à notre plume, ni employer une figure de rhétorique pour dire « qu'un chat est un chat. » Quand le mot rend la pensée, le style est toujours bon. C'est à la lueur d'un éclair qu'on doit juger une idée. Comme la Vérité, il faut qu'elle soit sans voile.

L. C.

D'UNE RÉFORME

A INTRODUIRE

DANS L'ORGANISATION ACTUELLE

DES

THÉATRES

ET

DE SON URGENCE

———

> Cette partie des belles-lettres, si méprisée quand elle est médiocre, contribue à la gloire d'un Etat quand elle est perfectionnée.
>
> (VOLTAIRE. — *Vie de Molière.*)

Dans ce temps de progrès où les découvertes de la science rivalisent journellement avec celles de l'industrie qui s'améliore et se développe dans de vastes proportions, on s'efforce de faire marcher toutes choses de pair, sauf une seule, dans un ensemble et dans une concordance dont on se préoccupe sans relâche d'élever le niveau.

La France, qui a toujours eu, à une époque antérieure, sur les autres nations une supériorité que nous ne dirons pas incontestable dans le domaine des arts, a eu le bonheur constant de tenir le premier rang dans le domaine de la littérature.

Non que nous tentions de déprécier le mérite des littératures étrangères.

Nous rendons hommage aux écrivains de génie qui les ont illustrées, et si nous mentionnons leur infériorité relative, c'est moins pour la constatation d'un fait accompli dans le passé que pour la négation du renouvellement de ce fait dans le présent.

Dans notre pays, où, entre autres cultes, on a souci de celui de la gloire, on se plaint sans cesse et avec raison de l'affaiblissement de l'esprit littéraire, et surtout de la périclitation graduelle de la littérature dramatique.

On a beaucoup déclamé, on a beaucoup écrit ; on déclame et on écrit encore beaucoup à ce sujet, mais on n'est pas remonté à la source du mal ; on n'a pas recherché la cause de cette décadence.

Abstraction faite des idées qui, dans un état d'immobilité complète, ont cessé de passionner la foule et d'inspirer les écrivains, nous croyons que c'est au système en vigueur dans nos théâtres, au mode d'*administration littéraire* qui les régit, qu'il faut en attribuer l'origine.

Du reste, dans le cours de ce travail l'évidence en ressortira d'elle-même.

Nous allons donc tenter de jeter un peu de lumière sur cette question ; de démontrer que c'est là qu'elle réside ; que là est la plaie la moins apparente, mais la plus profonde, et qu'il importe de recourir promptement à l'application d'un remède efficace.

Quelques personnes intéressées au maintien et à la conservation des choses établies au théâtre, ne manqueront pas de s'élever contre nous de diverses façons, et de protester contre l'adoption d'une réforme qui a pour objet d'assurer aux écrivains nouveaux la plénitude des droits et des avantages appartenant à l'intelligence et au travail, et d'obvier à la faiblesse de l'isolement où se trouvent ces écrivains à leurs débuts.

Dans la sphère où nous plaçons le débat, il est vidé d'avance à notre avantage par l'opinion publique. N'envisageant que le but où aspire celui qui invoque son suffrage, elle prononce sans s'arrêter jamais à de mesquines considérations. Avec elle, pas de moyens termes ou ambulatoires. Elle acclame ou condamne. Aussi nous empressons-nous d'offrir une fiche de consolation à l'amour-propre de nos contradicteurs. De parti pris, nous leur abandonnons un avantage : celui d'avoir un semblant de raison sur des détails dont l'importance est contestable et puérile.

Il y a deux sortes de services dans toute société : les services publics et les services privés. Les uns et les autres sont également utiles, mais s'il y avait une préférence à donner, elle devrait être donnée aux premiers, car les services publics sont la condition essentielle de la vie sociale.

C'est ce principe qui nous anime; c'est pour son application que nous commençons aujourd'hui la lutte. Nous ne venons pas mendier une préférence ; nous invoquons un droit. L'important, quoique nous le souhaitions ardemment, n'est pas de savoir si on fera immédiatement justice à nos réclamations, mais bien d'établir que nous avons raison de les formuler. Nous ne craindrons pas de suivre sur le terrain de la discussion toute plume loyale et courtoise qui nous fera l'honneur de nous y appeler.

D'abord, nous invoquons l'attention et la sollicitude de M. le Ministre d'État sur une classe qui n'est pas la moins intéressante de la société : celle des gens de lettres. Ils ont droit à l'obtention de son appui à un degré égal, sinon supérieur, à celui dont bénéficient les musiciens, les peintres et les sculpteurs.

Nous sommes fatigués et mécontents de nos gloires subalternes, de nos illustrations de quatrième ordre, de nos agréables médiocrités contemporaines. Avec elles, la tradition de l'art se perd : sous le prétexte d'originalité, la confusion règne dans les genres ; et l'exagération, signe de la décadence littéraire, saluée dixième muse, est la seule divinité à laquelle on sacrifie. Point d'écrivain mâle et puissant ! C'est un dur échec à l'orgueil national de l'époque. Eh bien ! qu'on se tourne vers l'avenir ; qu'on tende la main aux jeunes ; qu'on abaisse à leur profit cette immense barrière du mauvais vouloir avec laquelle on leur ferme la lice : c'est peut-être l'unique moyen de réparer l'échec et de faire briller notre astre littéraire d'un plus vif éclat.

Le remède dont nous parlons plus haut est simple. Il consiste dans cette vigilante sollicitude, dans cette bienveillance éclairée, dans cette protection — puisqu'il faut prononcer le mot — émanant du ministère qui a les théâtres dans ses attributions : il n'y aurait nul besoin que le budget de l'État en fût augmenté d'un centime. Ce nous semble être une raison importante au Gouvernement de ne pas marchander son appui.

Les musiciens ont un Conservatoire, des concours ; ceux qui remportent des prix vont à Rome ou en Allemagne aux frais de l'État ; un théâtre leur est exclusivement réservé.

Les peintres et les sculpteurs ont des cours nombreux ; l'École des Beaux-Arts est leur Conservatoire ; quand ils ont été couronnés, ils vont en Italie également aux frais de l'État ; ils ont encore des expositions où, indépendamment des récompenses qui leur sont décernées, ils ont la facilité de trouver des acquéreurs de leurs œuvres ; et l'État achète souvent sans compter ce qu'il commande.

Voyons maintenant la situation faite aux gens de lettres, principalement à ceux qui écrivent ou se destinent à écrire pour le théâtre.

Les naïfs vont dire :

« Mais ils ont un théâtre aussi ; ils ont des cours publics ; ils ont la Sorbonne, le Collége de France. L'Académie décerne des prix, et l'État accorde une récompense à l'auteur de l'ouvrage dramatique qui renferme l'enseignement le plus élevé. »

Autant de raisons que les naïfs avanceront, autant d'objections peut-on leur faire en réponse.

L'Odéon n'est pas considéré comme un théâtre par les directeurs des autres salles de spectacle : avoir été représenté sur la seconde scène française n'est pas un brevet suffisant de capacité aux yeux de ces messieurs, qui jouent à l'autocrate comme les enfants jouent au soldat, pour être accueilli par eux avec la bienveillance et les égards qu'ils témoignent à un quart de vaudevilliste. Si ces raisons ne suffisent pas à convaincre, nous pouvons donner d'irrécusables preuves : celles des choses avérées. Un nom paraît sur l'affiche de l'Odéon, y reparaît encore, à quelque temps de là se hasarde sur l'affiche de la Comédie-Française, mais s'étale rarement sur les affiches des autres théâtres. On en connaît la raison.

Donc l'Odéon, seul, est d'une maigre utilité pour faciliter aux talents nouveaux l'accès du théâtre.

Les cours publics de la Sorbonne et du Collége de France, d'un enseignement tout spécial, sont professés particulièrement pour la jeunesse. Les gens de lettres qui les fréquentent vont y oublier les ennuis, les déceptions, les chagrins de la vie littéraire, et y puiser des forces nouvelles pour la lutte, en se retrempant aux sources sacrées.

L'Académie décerne des prix, il est vrai ; mais ces prix sont ordinairement réservés aux œuvres d'histoire, de morale, de science, de politique, pour lesquelles les auteurs dramatiques ne concourent pas.

Il n'y a donc, en fait de récompense pour les gens de

lettres, que celle que l'État accorde, depuis une dizaine d'années seulement, à l'auteur de l'ouvrage dramatique « le plus moral » représenté dans le courant de l'année précédente.

On ne saurait trop louer l'État d'encourager ainsi « la morale. » Mais il lui reste un mot à dire pour améliorer la situation faite aux jeunes écrivains qui, seuls, peuvent relever notre théâtre. Nous espérons qu'après avoir été convaincu de l'importance de ce mot, il n'hésitera pas à le prononcer.

Il y a, diront encore les naïfs, la Société des Auteurs et Compositeurs dramatiques, auprès de laquelle les nouveaux venus trouveront toujours un appui, bien que ne faisant pas partie de la Société.

Ici les naïfs seraient encore dans l'erreur. Ce n'a pas été un des objets de la formation de la Société des Auteurs et Compositeurs dramatiques que de patroner de jeunes confrères. Dans la république des lettres la protection est une spéculation, elle n'est jamais charitable, et l'on peut compter ceux qui ne cèdent pas entièrement à l'envahissement de l'intérêt personnel.

Après avoir été représenté sur une scène de Paris, on peut sans peine devenir membre de la Société. La difficulté consiste à se faire représenter. Exemple :

Un auteur, inconnu au monde dramatique, écrit une pièce et la porte toute chaude à un théâtre. Au minimum, il attend patiemment deux mois avant de se présenter pour connaître le jugement qu'on aura porté sur son œuvre. Pour trouver l'employé chargé de l'inscription des manuscrits, il fait vingt courses inutiles. Enfin, par un hasard providentiel, par une circonstance extraordinaire ! il parvient à le rencontrer.

Son manuscrit n'a pas encore été ouvert. Notre auteur patiente encore un mois, puis se présente de nouveau.

L'employé, dont souvent la politesse n'est pas l'apanage exclusif, tant il se considère comme une influence, rend le manuscrit de la pièce à l'auteur déconfit, et, de plus, trompé, car souvent son œuvre n'a pas été lue. Par un léger stratagème, préparé à l'avance, on en peut acquérir l'amère certitude, et il devient facile de constater que l'ouvrage n'a pas été feuilleté.

Si, au contraire, l'œuvre a été examinée, on devine avec quelle négligence; et si un rapport en est fait au directeur, l'employé chargé de ce travail oublie malheureusement d'y mettre du soin et de la conscience. Le directeur écarte la pièce sur la foi du rapport; et l'auteur porte son manuscrit à un autre théâtre, où les mêmes manœuvres se renouvellent.

Nous souhaitons vivement que ces lignes tombent sous les yeux de quelques directeurs, à défaut de tous, mais surtout qu'ils en fassent leur profit avant que M. le Ministre d'État, toujours soucieux des intérêts divers confiés à ses soins, ait constaté combien se renouvelle et se multiplie chaque année l'exemple que nous donnons, au détriment de la jeune génération et certainement aussi des théâtres qui la repoussent systématiquement. Le chiffre une fois connu, M. le Ministre d'État en tirerait une conclusion, et prendrait sans doute une mesure qui lui donnerait de nouveaux droits à l'estime et à la considération publics dont il jouit déjà.

On a souvent fait des gorges chaudes sur le compte du Théâtre-Français dans ses rapports avec les auteurs. Eh bien! nous soutenons en fait que c'est seulement au Théâtre-Français que les gens de lettres trouvent l'accueil qui leur est dû. Car pour peu qu'un écrivain, jeune ou vieux, obscur ou célèbre, dépose une œuvre au comité de lecture, il peut être assuré qu'elle est lue, jugée, commentée, et qu'on en fait un rapport dans lequel on expose sainement et loyalement les raisons qui font incliner le comité à une audition de l'œuvre ou à son rejet.

L'objection qu'on nous fera sera celle-ci : le Théâtre-Français est en quelque sorte le théâtre de l'État, et sa position exceptionnelle l'oblige à faire ce dont un autre théâtre croit pouvoir se dispenser vu l'indépendance de son administration.

Il n'est personne qui ne sache qu'aucun directeur de théâtre n'est indépendant du Ministère d'État ; c'est du Minstère d'État qu'il tient son privilége, et du jour où le directeur indépendant n'observerait pas les clauses qui lui sont imposées par le cahier des charges, le Ministère aviserait à lui donner un successeur.

Depuis peu on a introduit de grandes améliorations dans les théâtres dont la direction est réputée indépendante. Il n'a pas fallu moins d'une circulaire ministérielle pour engager les directeurs à ne plus se pourvoir de ces sortes de pièces où un langage ignoble avait remplacé la langue française, et où des exhibitions féminines, dans lesquelles le personnel du corps de ballet faisait assaut de postures indécentes, étaient offertes pour unique aliment à l'intelligence du public. M. le Ministre d'État sait combien l'influence du théâtre est considérable sur les masses, et c'est avoir rendu un signalé service à la morale et à la pudeur publiques, que d'avoir proscrit ces sortes de pièces pernicieuses à tous et contraires aux véritables intérêts et à la mission du théâtre

Dernièrement encore, les directeurs indépendants viennent d'être prévenus d'avoir à justifier du paiement mensuel de leurs artistes, employés, fournisseurs, etc.

C'est une sage et prudente mesure, qui produira les meilleurs résultats, et à l'établissement de laquelle tous les honnêtes gens ont applaudi.

On a beaucoup fait ; mais il reste beaucoup à faire pour couronner l'édifice.

Nous ne reviendrons pas sur ce que nous avons déjà dit

des obstacles et des difficultés que les écrivains ont à combattre lorsqu'ils veulent aborder le théâtre.

Nous avons sous les yeux le triste spectacle de la décadence de notre littérature dramatique ; c'est la conséquence fatale du système draconien qui régit présentement nos entreprises théâtrales. Trop souvent l'intrigue, les coteries, la crainte de certains journaux, sont les causes qui font repousser des écrivains préoccupés exclusivement des intérêts de l'art. Quelques faits contraires à ceux que nous avançons se sont produits il n'y a pas longtemps ; mais au prix de quels efforts, de quelle persévérance, ces opiniâtres écrivains sont-ils arrivés à triompher des obstacles ! Ce sont des cas exceptionnels, et, quand il s'agit de procéder à l'établissement d'une mesure d'intérêt général ou d'utilité publique, on ne consulte ni la minorité ni l'exception.

M. le Ministre d'État, qui a été le premier à s'occuper de réglementer la propriété littéraire, ne trouverait-il pas un remède à apporter à cet état de choses?

Qui garantit au public, forcé de se contenter de ce qu'on lui donne, et qui commence à murmurer, que messieurs les examinateurs à la solde des directeurs indépendants soient des hommes suffisamment aptes à juger une pièce au point de vue de la morale, de la contexture, du style?

Sans faire ici de personnalité, les gens de lettres, comme Figaro, se hâtent de rire de peur d'être obligés de pleurer en songeant aux fourches caudines de l'ignorance des examinateurs sous lesquelles ils sont forcés de se courber.

Ces reprises quotidiennes de pièces, ces longs succès remportés par les machinistes, n'attestent-ils pas, cent fois plus que nous ne pourrions le dire, la pauvreté de notre littérature dramatique contemporaine, l'incapacité des examinateurs ou le mauvais vouloir des directeurs trop indépendants ?

Si l'on pouvait se rendre compte des œuvres de mérite repoussées de nos scènes au profit de ce qu'on appelle les *machines* des faiseurs en titre, nous ne serions pas dans l'obligation d'invoquer l'adoption d'une mesure qui, désormais, pût devenir la sauvegarde de notre littérature dramatique en mettant une barrière aux empiétements de l'industrie sur les intérêts de l'art, en assurant à tous une égale liberté de produire leurs œuvres, et enfin en rendant au travail de la pensée le respect qui lui est dû.

Il est temps qu'une vigilance éclairée mette un terme à une si déplorable situation faite aux gens de lettres par les entrepreneurs de spectacles, encouragés dans leur *non possumus*, à l'égard de ceux qui tentent de se révéler, par le concours de faiseurs, opprobre du métier, Vadius et Trissotins dramatiques, indignes du nom d'écrivains, qui écartent les talents nouveaux et parviennent ainsi à les dégoûter de la carrière littéraire. Ils s'éloignent ceux qui se seraient peut-être illustrés par des mérites sérieux et solides, et repoussés à leurs débuts, découragés, ils brisent leur plume et font à leur repos le sacrifice de leur gloire, gloire qui eût rejailli sur le pays !

Par ce bref et rapide exposé on connaît maintenant l'importance du changement réellement nécessaire à opérer dans l'organisation actuelle des théâtres.

C'est parce que les théâtres ne sont pas seulement des exploitations industrielles, des entreprises commerciales, que nous proposons l'introduction d'une réforme dans le système d'*administration littéraire* qui les gouverne.

Nous croyons que cette réforme est sage, progressive, et par cela même qu'elle est digne d'être prise en sérieuse considération ; qu'elle peut s'accomplir sans trop de secousses et sans léser les intérêts privés par des charges nouvelles.

A cet effet, voici la mesure qui nous paraît devoir être adoptée :

Il faudrait que chaque directeur fût tenu d'adjoindre à son administration, au lieu d'employés chargés de plusieurs fonctions incompatibles avec celles d'apprécier suivant leur valeur les œuvres déposées, un comité d'examen composé d'hommes sérieux et loyaux, aptes à juger sainement les ouvrages appropriés au genre qu'exploite chaque théâtre, et aux décisions duquel le directeur se conformerait.

Le choix de chacun des membres de ce comité serait soumis à l'approbation du Ministère d'État. A l'exemple de celui de la Comédie-Française, il accueillerait indifféremment les œuvres des écrivains vieux ou jeunes, célèbres ou ignorés, les examinerait avec impartialité, et, d'après leur mérite, déciderait de l'obtention d'une audition.

Une pièce une fois reçue entrerait en répétitions suivant l'ordre de son inscription et arriverait doucement à sa première représentation sans que les travaux préalables à son apparition eussent été interrompus par l'intrigue ou la fraude.

Maintenant, qu'on réfléchisse avant de crier à l'impossible. S'il est des accomodements avec le ciel, nous pensons qu'il en est également avec les directeurs de théâtre.

Les résultats de toute nature que l'on obtiendrait de l'établissement d'une pareille mesure seraient considérables : une noble émulation s'emparerait de tous les écrivains, qui, désormais sûrs de voir leurs productions accueillies sans autre protection que celle de leur valeur réelle, travailleraient avec un redoublement de zèle consciencieux, et, à défaut de chefs-d'œuvre, doteraient au moins d'études recommandables la patrie de Corneille et de Molière.

Ordinairement, vers la seconde moitié d'un siècle se produisent des époques de transition qui préparent le siècle suivant. Nous sommes arrivés à une de ces époques où la société, pleine de désirs, de regrets, d'aspirations vagues, réfléchit son état de malaise indescriptible dans sa littérature.

Il appartient au XIXe siècle, à la France, au gouvernement éclairé de Napoléon III, de donner l'exemple d'une mesure destinée à atténuer l'influence de la transition, le malaise de la crise de transformation, sur notre littérature dramatique contemporaine, en réchauffant chez les gens de lettres de notre patrie, par un appui tutélaire, le vieux génie français engourdi sous le souffle glacial de l'industrialisme.

Ce n'est pas en notre nom que nous réclamons l'introduction d'une réforme dans l'organisation actuelle des théâtres ; ce n'est pas une plainte isolée que celle poussée aujourd'hui : c'est au nom de toute la jeune génération littéraire, qui proteste contre l'oblitération de la littérature et repousse avec énergie la complicité de la décadence, que nous élevons la voix : c'est au nom du principe sacré de salut et de conservation de notre gloire nationale que nous réclamons l'adoption d'une mesure destinée à mettre un terme à cet état de subordination des intérêts de l'art à ceux de l'industrie; que nous demandons qu'on assigne enfin à chacune des parties intéressées son rôle bien distinct, et qu'enfin, par réciprocité, on mette aussi une barrière aux empiétements de celle-ci sur celui-là, car il faut, pour la satisfaction générale, que chaque chose soit renfermée dans les justes limites où chacune, dans sa mesure de force et d'harmonie, contribue au succès.

Nos réclamations seront-elles entendues? notre projet de réforme sera-t-il approuvé? Nous osons l'espérer. Bientôt notre jeune génération sera appelée à en recueillir les fruits. Alors de nouvelles gloires s'ajouteront à celles que nous avons acquises, et la France, certifiant par des œuvres supérieures que le sommeil léthargique où on la croyait plongée n'était que le repos réparateur de ses forces, que le recueillement de sa pensée, prouvera encore une fois de plus à l'Europe sa supériorité dans les luttes pacifiques de l'art et de la littérature, luttes où elle est habituée à vaincre tout aussi bien que sur les champs de bataille.

LOUIS CHAUFOUR

5 octobre 1862.

Paris. Dupray de la Mahérie et Compⁱᵉ, 26, boulev. Bonne-Nouvelle (5, impasse des Filles-Dieu).